Sur le bout de la langue

Alain M. Bergeron

Illustrations de Philippe Germain

À Gill, pour ton courage!
Philippe Germain

Catalogage avant publication de Bibliothèque et Archives Canada

Bergeron, Alain M., 1957-, auteur
      Sur le bout de la langue / Alain Bergeron ; illustrations de Philippe Germain.

ISBN 978-1-4431-6594-5 (couverture souple)

      I. Germain, Philippe, 1963-, illustrateur II. Titre.

PS8553.E67454S97 2018   jC843'.54   C2017-905613-1

Édition publiée par les Éditions Scholastic, 604, rue King Ouest, Toronto (Ontario) M5V 1E1 Canada.

5 4 3 2 1   Imprimé au Canada 119   18 19 20 21 22

Félix et moi, on tente d'attraper le plus grand nombre de flocons avec notre langue. On s'amuse et on se régale en même temps. Avec un peu d'imagination, ça goûte le sucre!

— Vingt! J'en ai déjà attrapé vingt! dis-je à mon ami. C'est sûrement un record! Oh! J'en vois un énorme! Et vingt et...

Oh non! C'est terrible! C'est froid et... ça brûle!!! Au secours!!!
— Ne t'inquiète pas, me rassure Félix. Je vais te tirer de là... en tirant!

Il me saisit par la taille. Non! Non! Pas question de me
libérer de cette façon.

— ...on! ...on!

— Bon? Bon! traduit Félix. Tu es prêt, Sébastien? On y va!
Un, deux, trois!

Je m'accroche au poteau. Mon ami tire, tire et tire encore.
Je crie, crie et crie encore!

— Aaaaaaaaaaaaaah!

J'entends une voix paniquée derrière moi.

— Je vais chercher de l'aide, me dit-elle.

Pas de doute, c'est ma mère. Je déteste quand elle m'appelle ainsi devant les autres. Comment va-t-elle sortir son petit chou de ce pétrin?

Je sens qu'on me regarde. Je suis tellement gêné!

Catastrophe! Un photographe débarque avec son appareil.

Des enfants se placent près de moi pour la photo, histoire de rigoler.

— C'est pour le journal, dit l'homme.
— Il s'appelle Sébastien, l'informe Félix.
Quelle honte! Je m'imagine en première page!

QUOI? Des chants? Une chorale
d'enfants forme maintenant une ronde autour de moi.

— Allez, tout le monde! On chante *Au royaume du bonhomme hiver,* annonce le directeur de la chorale. Un, deux, trois, quatre!

Il me donne un petit coup de baguette sur l'épaule.

— Toi aussi!

Une fillette passe près de moi et me dévisage. Elle crie à sa mère :
— Maman! Tu as vu? Il m'a fait une grimace!

J'agite les bras pour protester. Voyons donc!

— ...o ...yons... onc!

Elle se fâche encore plus.

— Maman! Tu as entendu? Il m'a dit des bêtises! Vilain-vilain garçon!

Soudain, un aboiement retentit tout près. Un gros chien menaçant avance en reniflant partout. Il s'approche de moi.

Il sent ma jambe. Va-t-il me mordre? Non, sa queue bouge! Ouf!

Il est heureux, et moi, soulagé...

Beurk! Il marque son territoire en levant la patte près du poteau... et de mon pantalon!

Le vent *se* lève, le soir tombe comme la neige. C'est le début
d'une tempête. Si on ne *se* dépêche pas, je vais geler ici et on
ne me retrouvera qu'au printemps!

Maman fend la foule, tirant par la manche de son uniforme...
un policier!

Rapidement, il fait le tour du poteau et évalue la situation.
— Hum... Je dois consulter une experte en la matière, conclut-il.
Le policier compose un numéro sur son téléphone.

— Allô, maman?

À l'autre bout, sa mère lui explique comment résoudre
mon problème.

— C'est vrai! se souvient-il. C'est bien ce que tu as fait
quand ça m'est arrivé. Merci, maman!

Il termine sa conversation et nous dévoile la solution.

— Il suffit de verser un peu d'eau tiède...

Youpi! Je suis libéré!

J'ai le bout de la langue engourdi, mais rien de trop grave.

Ma mère m'embrasse.

— Je vais terminer mes emplettes. Ça ne sera pas long, mon petit chou.

Mon ami Félix me nargue :
— J'ai attrapé vingt flocons sur le bout de ma langue!
Je lui fais remarquer que moi aussi, j'en ai attrapé vingt.

Félix aperçoit un autre flocon et démarre en trombe pour l'attraper.
— Je vais battre ton record!

Ça alors! Sa langue se retrouve collée au poteau. Comme la mienne!

— Au... e... ou...!

Il ne me reste plus qu'une chose à faire :

— À moi le record!